中國書店藏版古籍叢刊

宋·王質 著

詩總聞

中國書店

據中國書店藏版整理
壬辰年夏月重印

出版説明

《詩總聞》二卷，宋王質著。

王質（一一三五—一一八九），字景文，號雪山，其先爲鄆州人，後徙居興國。宋高宗紹興三十年（一一六〇）進士，召試館職，爲言者論罷。先後入汪澈、張浚等人幕府爲賓，并隨虞允文宣撫川、陝。孝宗乾道二年（一一六六）爲太學正，旋以建言罷免。後起用爲敕令所删定官，遷至樞密院編修官。其時虞允文當國，被其薦爲右正言。出判荊南府，又改吉州，皆不行。最後王質絶意仕途，奉祠山居至終老。王質博通經史，詩、詞、文俱佳，文學造詣頗高，在《詩經》研究方面尤具創見，是南宋時期的著名詩人、經學家。生平著述頗豐，有《雪山集》、《紹陶録》、《詩總聞》等多部著作傳世。

《詩總聞》一書是王質『覃精研思，幾三十年始成』之作。他在此書中首創以『總聞體』來解讀《詩經》，對詩篇的主旨進行了深入而合理的闡述，能發前人所未發。例如，通過『聞音』『聞訓』考釋了《詩經》中的詞語；通過『聞句』斷句或分析句法、『聞字』説明异文；通過『聞迹』『聞事』對

《詩經》中的名物、地理、制度也進行了全面地考證。可以説，王質在《詩總聞》中創造性地運用了一系列的研究方法，在客觀上促進了《詩經》研究的進步，展現出王質作爲經學家對於《詩經》研究的貢獻，并彰顯出王質《詩》學研究的價值及意義。可以説，王質及他的《詩總聞》在《詩經》學史以及中國文學批評史上均占有突出的位置。

此次中國書店刊行的《詩總聞》，據王簡校訂本原版刷印。該書每半頁十行，每行二十字，白口、單魚尾，四周雙欄，雕工精良。書前有道光丙午（一八四六）嘉興錢儀吉識語，書後爲淳祐癸卯（一二四三）吴興陳日强原跋，每卷末刻有『後學王簡校訂』。由於年代久遠，原版偶有殘損，刷印時特參照原書對殘損之頁進行了必要補配，以保持完整。中國書店在整理出版《中國書店藏版古籍叢刊》時，將此書收録其中，不僅爲學術研究、古籍文獻整理做出了積極貢獻，也爲綫裝古籍的收藏者提供了一部珍稀版本。

中國書店出版社

壬辰年春

詩總聞

詩總聞二十卷

宋王質撰質字景文紹興三十年進士官至樞密院編修出通判荆南府改吉州周亮工書影以爲宋末人葢攷之未審也亮工又稱是書世久無傳謝肇淛始錄于祕府後肇淛諸子盡賣藏書爲陳開仲購得乃歸諸亮工則其不佚者僅矣其書取詩三百篇每篇說其大義復有聞音聞訓聞章聞句聞字聞物聞用聞跡聞事聞人凡十門每篇爲總聞又有聞南聞風聞雅聞頌冠于四始之首南宋之初廢詩序者三家鄭樵朱子及質也鄭朱之說最著亦最與當代相辨難質說不字字詆小序故攻之者亦稀然其毅然自用別出新裁堅鋭之氣乃視二家爲倍自稱覃精研思幾三十年始成是書淳祐癸卯吳興陳日强始爲鋟板于富川日强跋稱其以意逆志自成一家其品題最允又稱其刪除小序實與朱文公先生合則不盡然質廢序與朱子同而其爲說則各異黃震日鈔曰雪山王質

夾漈鄭樵始皆去序言詩與諸家之說不同晦菴先生因鄭公之說盡去美刺探求古始其說頗驚俗雖東萊先生不能無疑云云言因鄭而不言因王知其趨有不同矣然其冥思研索務造幽深穿鑿者固多縣解者亦復不少故雖不可訓而終不可廢焉

昔黃東發說詩朱呂二家外惟取雪山王氏知其書在宋時傳習者衆而明以來未見專刻今素園先生重梓聚珍板本以廣其傳余任校讎之役間有是正識於下方亦有知其有誤而無可釐定者如曹風鳲鳩其弁伊騏注云說文騏作琪攷今說文未嘗引此句惟綥字下引詩縞衣綥巾（俗本說文綥從畀聲誤今從段氏說）乃鄭風出其東門之文而周官弁師王之皮弁會五采玉璂鄭君璂讀綦引詩其弁伊綦陸氏釋文璂本亦作琪盖綥是正字綥弁綥衣皆當作此體綦乃或體騏璂琪皆假借字也然則雪山此文或援周官之琪而

傳本誤爲說文邪抑當時所見許書別有引鳲鳩句而今本佚之邪小雅四月亂離瘼矣奚其適歸注疏本作爰其適歸朱子集傳元時刊本亦作爰注云家語作奚未知何時妄改本文直作奚字雪山登第稍後於朱子著書亦稍後故如魯頌閟宮商頌苞有三蘖皆引朱子之說此或同於朱子作奚然注中何以不言竊疑是本錄自永樂大典或當時專宗朱子之學胡廣等輒依集傳徑改經文如此邪皆不可攷矣校書之難前人謂非劉向揚雄弗克任也末學膚受所可自勉者惟不輕改本文耳是書又更無他本可

校故此類悉仍其舊既竣事略識其意以質大雅

道光丙午黃鍾之月嘉興錢儀吉

詩總聞目錄

卷二十

詩總聞卷一

宋 王質 譔

南

聞南一

南樂歌名也見詩以雅以南見禮胥鼓南鄭氏以爲西南夷之樂又以爲南夷之樂見春秋傳舞象箾南籥杜氏以爲文王之樂其說不倫大要樂歌名也禮舜作五絃之琴以歌南風夔始制樂以賞諸侯南卽詩之南也風卽詩之風也舜始見之于琴夔始播之于樂後世誤認其意遂以爲盛夏之

南風今所傳南風之歌專主于此初一篇與第二篇皆非上古之制作其辭類秦漢而下者說詩乃轉爲自北而南與南風之誤皆同孔子曰人而不爲周南召南其猶正牆面而立也與謂此歌之聲也季子曰美哉始基之矣猶未也然勤而不怨矣其聲與其辭雜言之也毛氏明見詩禮有南樂之名而必循司馬氏南風之誤當是相承其來已久亦非獨毛氏之過而況鄭氏又相去愈遠也

聞南二

分陝世以爲司馬氏之創說不知其來已久以書

禮推之君奭召公爲保周公爲師相成王爲左右樂記武五成而分周公左召公右康王之誥太保率西方諸侯入應門左畢公率東方諸侯入應門右當是周公已沒畢公代其故任畢命所謂令予命爾以周公之事是也周召官也自二公爲之後世相承不改桓十八年周公黑肩被殺于辛伯成十二年周公楚出奔于晉文四年襄王使召公過賀秦穆公司馬氏所謂周公召公行政號曰共和至秦漢爲左內史左馮翊右內史右扶風蓋其遺制此詩當是此地所采古彝器有周召宮亦謂之師保宮衞武公繼治西偏東偏亦見諸師𣪘敦蓋周召之任也度其時在遷洛之後此官猶存其宮亦有太室宣榭與宗廟周制可謂重矣此事甚明而後有聖賢深淺之別后妃尊卑之差皆强爲辭也

聞南三

南大夏也正午也故字作午亦作丙亦作丁南之取名以此禮王夏肆夏昭夏納夏章夏齊夏族夏祴夏驁夏凡九夏後代祀圜丘降神奏昭夏皇帝將入門奏皇夏俎入奠玉帛並奏肆夏皇帝升壇奏

皇夏登歌飲福奏皇夏皇帝就望燎位還便坐並奏皇夏又加誠夏乃不用其他諸夏皆南聲也頌亦間用此音故時邁曰肆于時夏思文曰陳常于時夏他詩用與不用固未可知然以時邁思文推之大略可見四時各以聲之舒斂爲氣之消長春先合後開者也太玄之罔亦然夏全開者也太玄之直亦然秋先開後合者也太玄之酋亦然冬全合者也太玄之冥亦然此作樂所以有貴于南取純陽也今人取向不敢正取于午必帶他方取律不敢正取于黃鍾必雜他律取音不敢正取于正

宮必雜他音南者天之尊神出入之地也北者天之殺神出入之地也處天地之間居陰陽之內者避之所以自古南名不多見後世南聲亦罕傳雖周召二壤之樂皆爲南然東西二伯之域各分次周則東南召則西南蓋文武履位則居正而周召分疆則析畛也雖然非周召亦豈足以當之後周召之官雖存東西之封各莫然其樂寖以銷微而隕亾大聖之君臣不作亞聖之輔佐不生天固令其不傳亦無足怪後諸夏間傳餘夏多絕今大樂亦未有專陽而能成聲者也不知古之造音何得

度越智力之表如此非天孰能啟之非聖孰能作之宜乎繼者之難也

周南

關雎五章

關關雎鳩在河之洲窈窕淑女君子好逑

參差荇菜左右流之窈窕淑女寤寐求之

處貴適水采荇治菹品供祀事後世雖卑者亦所不屑古人勤儉習熟以爲當然也

求之不得寤寐思服悠哉悠哉輾轉反側

西方水急荇類皆罕生故或難求南方多有易致

參差荇菜左右采之窈窕淑女琴瑟友之

參差荇菜左右芼之窈窕淑女鐘鼓樂之

祀事辦則樂事舉勞佚各適其度故人無厭心也

聞音曰吳氏服蒲北切側莊力切采此禮切友羽軌切樂五教切今服房六切詩十有六無用此切友云九切詩十有一亦無用此切者今從吳氏

聞訓曰流本如意水東西南北皆爲流言取之無方也與左右求之相應

聞物曰陸氏雎鳩鶚也亦雕類也雕鶚性猛摯所謂鷙鳥不雙又鷙鳥累百不如一鶚非匹鳥也左

氏雎鳩氏司馬也杜氏王雎也許氏亦止言王雎背不及雕鶚徐氏常在河洲之上爲儔偶雕鶚夜則多棲深林日則飛高空非慕水者也郭氏好在江渚上山邊捕魚雕鶚食飛類非啖魚者也左氏既取類爲司馬固是法制但雕鶚不應取鳩名禮中春鷹化爲鳩恐是未化以前爲鷹既化之後爲鳩俗呼鶚爲鶚鷹鄭氏以鳩爲布穀布穀柔禽全無鷙性其聲關關則相宜雕鶚之聲淸烈壯厲與和鳴似不相應所謂雕鶚恐自難從布穀似可用而鄭氏以爲鳲鳩不應二南皆同一物起興然則

雎鳩果何鳩也舊以鵻爲鳻鳩從分言有行列也又爲鴴鳩言似征役也又爲鶻鳩言有信義也又爲鶟鳩言應北方癸水也皆與司馬意相符異境固不能深知度少皥所以爲司馬者特以有法而孔子所以首二南者亦以其有法周南以有法之禽起興召南以善養之禽起興此鳲鳩所以爲布穀也又爲搏黍俗呼郭翁郭婆翁婆則主家養衆者故從尸并載于此識者更詳

總聞曰孔子于關雎兩及之一曰關雎樂而不淫哀而不傷此聲也後世以淑女爲樂進賢爲不淫

窈窕爲哀思賢才爲不傷毛氏知其不可改哀爲衷審爾則孔子之意何在今于此詩從容諷詠則孔子之意略見況得其聲邪一日師摯之始關雎之亂洋洋乎盈耳哉亂卒章也今關雎無卒章後世所述亂皆在正辭之後今欲以琴瑟鐘鼓爲亂辭又不倫其亂舊亡至師摯始得而孔子不以入正辭或入正辭而後世不解所謂洋洋盈耳者一唱三嘆之音皆在亂也惜無知之者

葛覃三章

葛之覃兮施于中谷維葉萋萋黃鳥于飛集于灌木其鳴喈喈

人心舒適則鳥聲亦覺娟美當是采葛之時有見

葛之覃兮施于中谷維葉莫莫是刈是濩爲絺爲綌服之無斁

處貴適谷采葛隨時變趣婦功其勤苦如此人情歸寧當有所整飾乃簡樸如此可想見古風也

言告師氏言告言歸薄汙我私薄澣我衣害澣害否歸寧父母

歸寧告女師女師告君所歷不可越也私衣不必分燕服禮服但刈濩煩猥則不無少汙汙則不無

少濯

聞音曰喈居西切斁弋灼切毋莫後切

聞物曰黃鳥黃栗留也俗呼金衣公子故又曰倉庚摶黍自是郭翁毛氏恐誤

聞跡曰谷讀作浴山深曲爲谷與綌字所從意同

聞用曰毛氏舊說精者爲絺粗者爲綌恐不然當是稀者爲絺密者爲綌觀所從可見字莫不有理或以近世過當者一切廢之不可

總聞曰說詩當卽辭求事卽事求意不必縱橫曼衍若爾將何時而窮一若稽古至三萬言無足訝也近有講此詩者縱言及以妾爲妻之事自詈以爲善諷妻妾古有明訓觸事觸辭及之因以感動所謂辭順而意篤者也遺本旨而生他辭竊取其美以覆芘其不知此談經之大病也時人以講葛覃爲講葛藤雖戲語亦切中識者更詳之

卷耳四章

采采卷耳不盈頃筐嗟我懷人寘彼周行

內職如外庭皆爲周行嬪御視史之屬將歸寧而有懷故勞苦之使各安其位以待其歸

陟彼崔嵬我馬虺隤我姑酌彼金罍維以不永懷

陟彼高岡我馬玄黃我姑酌彼兕觥維以不永傷

疲頓惟酒能紓之得酒則銷憂姑解懷人之心凡言不者皆否不顯不時不承之類是也

陟彼砠矣我馬瘏矣我僕痡矣云何吁矣

云何有無可奈何之意處貴欲紓勞亦易而付之無可奈何法度檢押也館本案押原本作柙今據漢書揚雄傳釐廸檢押改正

聞音曰行戸康切懷胡隈切觥姑黃切以兕角爲酒器曰兕觥案以兕角以下九字當上有聞用曰三字

聞物曰本草卷耳益氣輕身尤能辟瘟癘方將歸寧以備道路早暮之用杜氏所謂登牀半生熟下節還小益加點瓜薤間依稀橘奴跡亦可葅也

總聞曰處貴歸寧其簡薄如此度古者奉極尊未必如後世奉甚卑大率內宮之政令雖至微外庭皆有掌法度相維故上下不越節儉之風久而習慣自然也

樛木三章

南有樛木葛藟纍之樂只君子福履綏之

木曲易引蔓人卑易引福大率禍福以氣相感福之氣與順相隨禍之氣與逆相協

南有樛木葛藟荒之樂只君子福履將之

南有樛木葛藟縈之樂只君子福履成之

聞訓曰履足所依也福隨步而有故曰福履以履爲祿雖與福相類恐非今從丁氏

總聞曰山水皆起西趨南故南方草木鳥獸蟲魚最繁詩人舉此類多稱南有

螽斯三章

螽斯羽詵詵兮宜爾子孫振振兮

螽斯羽薨薨兮宜爾子孫繩繩兮

螽斯羽揖揖兮宜爾子孫蟄蟄兮

聞物曰毛氏蚣蝑也說文蝗也爾雅醜奮也無斯字此斯字在下七月斯字在上恐是語助辭今從許氏蝗子最繁其羽有聲亦從郭氏

總聞曰鄭氏以謂物有陰陽情慾無不妬忌惟蚣蝑皆得受氣而生異境難察其深情然智者能知又說蚣蝑育子皆八十一叶九九之數亦待智者不敢信亦不敢不信也

桃夭三章

桃之夭夭灼灼其華之子于歸宜其室家

桃之夭夭有蕡其實之子于歸宜其家室

桃之夭夭其葉蓁蓁之子于歸宜其家人
詩舉物多花而後實實而後葉不然亦以豐約別深淺不惟記事亦句法當爾
聞音曰華方無切家古胡切古文多用此爲叶然不必拘定律苟可叶卽已古人聲韻後世亦難盡攷也今如現音
總聞曰古者王制定民志以仲春會男女非時有禁是時庶物各隨形氣聲意相合惟虎交以仲冬于類爲異至漢昏姻已久不拘此然刑賞猶以秋冬春夏其後皆不行矣

兔罝三章

肅肅兔罝椓之丁丁赳赳武夫公侯干城
肅肅兔罝施于中逵赳赳武夫公侯好仇
好仇與關雎好逑同言武夫能扞外以護內也
肅肅兔罝施于中林赳赳武夫公侯腹心
以詭致物宜靜欲物不驚
聞音曰仇渠之切或作渠尤切與關雎同叶則逵亦當作渠尤切然音不同意則一不必渠尤亦可
聞用曰罝綱也今俗呼罝綱
聞字曰陸氏作菟又作兎今皆用菟於菟虎也言

取虎之具不一用穽用矢用繩見杜氏所謂猛虎憑其威往往遭急縛雷吼徒咆哮枝撑已在腳今荆峽間或用此未見用罝者今從現字

總聞曰西北地平曠多用鷹犬取兎東南山深阻多用罝東南自商至周常爲中國之患當文王之時江漢雖定然淮夷未甚盡服當是此地有覘物興感者尋詩可見

芣苢三章

采采芣苢薄言采之采采芣苢薄言有之

采采芣苢薄言掇之采采芣苢薄言捋之

采采芣苢薄言袺之采采芣苢薄言襭之

芣苢旁近皆有車前草也與卷耳同不必幽遠故衣衽可羅致蓋婦人及時采藥以爲療病之儲者也初茁亦可啖

聞音曰采此禮切有羽軌切亦作云九切詩無用云九與關雎友同今從吳氏

聞訓曰薄辭也

總聞曰此草至滑利在婦人則下血非宜子之物在男子則強陰益精令人有子非婦人所當屬意者也然良效甚博男女可通用子息蓋天數非可

以藥術致之陶氏亦嘗致疑吾儒安可不精思審

是無負古也

漢廣三章

南有喬木不可休息漢有游女不可求思漢之廣矣

不可泳思江之永矣不可方思

漢出興元府西縣江出蜀州江源縣至今漢陽乃

合此詩當在夏口附近今傳莫愁曲在石城今郢

州也襄陽樂在樊城今鄧州也襄陽樂襄陽曲雍

州曲襄陽蹋銅堤皆曰大堤北渚大堤在襄陽之

西北渚在襄陽之北三洲曲采桑度皆江漢之閒

游女事也當是相傳江漢故事以為美談

翹翹錯薪言刈其楚之子于歸言秣其馬漢之廣矣

不可泳思江之永矣不可方思

翹翹錯薪言刈其蔞之子于歸言秣其駒漢之廣矣

不可泳思江之永矣不可方思

秣馬秣駒皆游子欲求游女之意卒有所抑畏而

止以江漢過情言不可犯也陶氏所謂激清音以

感余願接膝以交言欲自往以結誓懼冒禮之為

諐

聞音曰廣古曠切泳于誑切永弋亮切方甫妄切

馬滿補切

總聞曰息當作思叶韻皆在上休叶求廣叶泳夫又何疑陸氏言此以意改此風自昔有之承誤襲訛以旨聲爲長厚然易傲載作熾蓄可以發笑反俯首呿口從之所謂眞贋盧的彼竟莫知其如何也識者更詳之

汝墳三章

遵彼汝墳伐其條枚未見君子惄如調飢

遵彼汝墳伐其條肄既見君子不我遐棄

魴魚赬尾王室如燬雖則如燬父母孔邇

王室在衛近汝雖可畏不可往然以近父母爲懐亦差慰也此徵役渡河趨都者人情所不欲其妻勉以君民之分父母之情蓋賢婦人也

聞音曰肄當作隸耶計切說文附著也賤也枚離榦而上出者可以枚數隸附榦而下生者故賤如僕隸也肄勞也無謂

聞字曰調或作輖輖重載也可從

聞物曰魚勞則尾赤人勞則髮白雖見養生之經然其說乃因此而衍鯉魚多赬尾豈此魚皆勞而他魚不然也荆峽間人云魚血入尾者甘

聞跡曰爾雅汝有濆此爲長大防之說可置若爾

墳當作濆

總聞曰魴魚婦人勞送君子之物魚之美者也當
是已歸復行故既見而又有此辭

麟之趾三章

麟之趾振振公子于嗟麟兮

公子生公室而出爲人婦者也古謂女爲子

麟之定振振公姓于嗟麟兮

麟之角振振公族于嗟麟兮

聞音曰角盧谷切

聞物曰麟土畜也性厚不踐生草不食生物治世
多游于郊藪當是此時見此物故發此辭詩人未
有無見而強起興者今人不復見麟遂謂古人捜
物取象此以己心度古人也

總聞曰婦人多忮忍蓋稟陰也寺人之性亦同故
詩言婦寺而能懷慈心非聖人何以化之

召南

鵲巢三章

維鵲有巢維鳩居之之子于歸百兩御之

營家男子之事守家婦人之事後世陰陽易位男

女亂職相承責婦人以幹家能則以爲譽不能則以爲毀至于求賢審官知臣下之勤勞有進賢之志傳爲美談可以太息也

維鵲有巢維鳩方之之子于歸百兩將之

維鵲有巢維鳩盈之之子于歸百兩成之

聞音曰居姬御切御魚據切陸氏音迓迎也王氏音御侍也侍意更多今從王氏

聞物曰鵲巢外圓中深頗縝密如小甕鳩巢外平中淺如盤極疏拙鳩未聞其居鵲巢當是詩人偶見鵲有空巢而鳩來居後人附會必欲以爲常然

此談詩之病也

總聞曰鳥巢有極工者黃頭白練精細過于鵲巢而詩不稱之世傳鵲結巢取木杪之枝不取隨地者多潔一也傳其枝而受卵雌雄共接者乃用不淫二也開戶向天一面背太歲有識三也歲多風則去巢旁之危枝先知四也巢中有橫木虛度如梁雄者踞之有分五也以比積善之家必有餘慶者也向背事見淮南子見博物志他皆世所傳云

采蘩三章

于以采蘩于沼于沚于以用之公侯之事

于以采蘩于澗之中于以用之公侯之宮

被之僮僮夙夜在公被之祁祁薄言還歸

在公執公事之時故竦敬僮僮竦敬也還歸歸私室之時故舒遲祁祁舒遲也大率公事畢則私樂繼之此所以相濟而爲和且能久也與關雎末章同意

聞音曰事上止切

總聞曰采蘋南澗則此是北澗也當是北澗近故與沼沚相連沼沚池上渚也南澗遠故與行潦相接行潦猛水湊集者也亦見采蘋

草蟲三章

喓喓草蟲趯趯阜螽未見君子憂心忡忡亦既見止

草蟲小蚱蜢阜螽大蛂蝬也已與夫相別不得其處如蟲得地得時各有喜躍之狀也

亦既覯止我心則降

陟彼南山言采其蕨未見君子憂心惙惙亦既見止

亦既覯止我心則說

陟彼北山言采其薇未見君子我心傷悲亦既見止

亦既覯止我心則夷

陟南山望其夫也陟北山亦望其夫也采蕨采薇

以自飽而有所待也鄭氏以爲婦人適人未見謂在塗時既見謂同牢時既覯已昏也覯爲昏不若爲遇意正而情深未適人之婦人不當有此念

聞音曰降乎攻切

總聞曰古風俗簡滋味薄筋力勞采蕨采薇非專寄興也草木之實飲食所資雖婦人皆然奚況男子習熟以爲當然爾

采蘋三章

于以采蘋南澗之濱于以采藻于彼行潦

于以盛之維筐及筥于以湘之維錡及釜

于以奠之宗室牖下誰其尸之有齊季女

牖下非在堂之祭季女非在家之主故采蘩采蘋同爲適澗而此又于彼行潦差爲艱也盛夏猛漲之水曰行潦亦曰黃潦人多畏之庳卑者任勞

聞音曰潦魯皓切下後五切亦亥雅切詩十有七惟擊鼓亥雅餘皆後五

總聞曰祭祀之菹少用陸菜多用水蔬陸菜非糞壤不能腴茂而水草則託根于水至潔故饋食多用陸祭食多用水古祭六牲大牲牛馬羊小牲豕犬雞皆取血故牲貴熏六清冬三月三酒所謂清

厚者也夏三月三酒所謂清清薄者也皆用清水片
麨爲麴故酒貴清六菹蘋蘩藻荇芹苔皆取水產
故菹貴潔其他饋食不專此法菹字從草從水可
見陸菜爲菹葅苴爲蕰蕰薀

甘棠三章

蔽芾甘棠勿翦勿伐召伯所茇
蔽芾甘棠勿翦勿敗召伯所憩
蔽芾甘棠勿翦勿拜召伯所說
聞音曰伐扶廢切茇蒲昧切敗蒲昧切拜變制切
今人稱跪猶有此音說始銳切
聞字曰說或爲稅止也詩稅意多通用說字
聞物曰棠棃樹梢大葉亦大且密可以庇曰蔽芾
陰貌不必言小棠其實甚細今呼甘棠棃相承舊
語也
聞用曰周禮中夏教茇舍鄭氏茇讀如萊沛之沛
茇舍草止之也軍有草止之法後世漸侈軍行有
氈帳毳帳之屬古者茇舍之法不知如何當必輕
整牢密易辦且易挈
總聞曰召伯內則爲保外則分陜不必聽訟甘棠
之下當是出行偶爾憩息覩景懷人後世遂指爲

佳所古今如此甚多

行露三章

厭浥行露豈不夙夜謂行多露

露仲春始成昏姻之時也不相諧而有爭故著其辭此當是男家趣女家而女家託故不往以爲豈不欲早夜赴期定約然露不可行也易林所謂厭浥晨夜道多湛露濺衣濡襦重不可步正用此意

此章猶婉下章甚厲

誰謂雀無角何以穿我屋誰謂女無家何以速我獄雖速我獄室家不足

誰謂鼠無牙何以穿我墉誰謂女無家何以速我訟雖速我訟亦不女從

此男家欲合女家欲判也比類以雀以鼠加以穿屋穿墉之名甚不欲媒之至也自決以獄以訟終不願曲徇甚不欲已之行也當是男家之辭稍堅故女家之辭亦峻

聞音曰夜羊茹切訟才容切

聞句曰首章或上下中間或兩句三句必有所闕不爾亦必闕一句蓋文勢未能入雀鼠之辭

總聞曰暴男侵貞女亂世容或有之而召公之分

壤被美教成雅俗不應如此女固可尙男爲何人
豈文王之化獨及女而不及男耶

羔羊三章

羔羊之皮素絲五紽退食自公委蛇委蛇
素絲爲飾尙樸素也
羔羊之革素絲五緎委蛇委蛇自公退食
羔羊之縫素絲五總委蛇委蛇退食自公
聞音曰皮蒲禾切蛇唐何切革訖力切總子公切
聞字曰委當作蜲水精也蛇蠖也其行皆紆曲若
君子偕老委委佗佗則當爲委委與佗同皆行貌

易林長尾蜲蛇畫地爲河用此蜲
總聞曰婦人奉君子以樸素之衣亦必責君子以
樸素之行公退夫婦始燕見羔羊治之于手不常
覩之于目非退食來歸之時無以細推其縫數也
此言從容欵曲之意也

殷其靁三章

殷其靁在南山之陽何斯違斯莫敢或遑振振君子
歸哉歸哉
殷其靁在南山之側何斯違斯莫敢遑息振振君子
歸哉歸哉

殷其靁在南山之下何斯違斯莫或遑處振振君子歸哉歸哉

君子行役當在南故屬耳多在南也

聞音曰側莊力切下後五切

總聞曰君子出行當是靁收聲之後聞靁發聲則覺氣變候移念君子之歸也或何時與何日去此地所歷已多而不能盡省也猶勉之以勤而不勸之以媮然夫婦之情終不可廢也

摽有梅三章

摽有梅其實七兮求我庶士迨其吉兮

摽有梅其實三兮求我庶士迨其今兮

摽有梅頃筐塈之求我庶士迨其謂之

聞音曰三疏簪切古三皆作參參與叅同省文作三

總聞曰古仲春會男女仲春爲正時季春爲末時孟夏爲過時然節氣猶有涉四月而屬三月者亦爲春也梅實初所存者十之七次所存者十之三至取以筐筥則甚熟否則委地盡也其在春夏之交故其辭愈進愈急也當是婦人無依者亟欲及時失時則又經朞也

小星二章

嘒彼小星三五在東肅肅宵征夙夜在公寔命不同

星皆經星也心三星在東柳五星在東南君子以王事行役婦人送之指星言入夜也

嘒彼小星維參與昴肅肅宵征抱衾與裯寔命不猶

參昴皆在西也抱衾與裯言聞命卽發不及治裝也

聞音曰昴力求切古昴皆作留

聞訓曰猶亦同也

總聞曰宵征言夜行在公言公事非賤妾進御之

辭當是婦人送君子以夜而行事急則人勞稱命言不若安處者各有分也大率昔人至無可奈何不得已者歸之于命孔子所謂不知命無以爲君子也

江有汜三章

江有汜之子歸不我以不我以其後也悔

婦人謂嫁曰歸當是循江或航江所歸之路也

江有渚之子歸不我與不我與其後也處

江有沱之子歸不我過不我過其嘯也歌

悔悔不以我同也處處無與同也嘯歌所謂嘻笑

之怒長歌之哀觖望之甚也

聞音曰汜養里切過古禾切

聞跡曰在北多曰河在南多曰江不特正江河也

總聞曰婦人在女家必有久相諳者適夫家必有願相從者而嫁者違之故在家之女役有觖望不悅之心二者皆是也違者不欲以其家既厚者俱行望者不意其疏情相棄也

野有死麕三章

野有死麕白茅包之有女懷春吉士誘之

女至春而思有所歸吉士以禮通情而思有所稱

人道之常或以懷春爲淫誘爲詭若爾安得爲吉士吉士所求必貞女下所謂如玉也

林有樸樕野有死鹿白茅純束有女如玉

舒而脫脫兮無感我帨兮無使尨也吠

媒妁之來尚欲使舒徐無喧動貞女可知當是在野而又貧者無羔鴈幣帛以將意取獸于野包物以茅護門有犬皆鄉落氣象也

聞音曰包補苟切脫敕外切

總聞曰詩時亦正禮亦正男女俱無可譏者舊說以爲不由媒妁誘道也所謂道即媒妁也以爲

不以鴈幣雖定禮有成式亦嘗隨家豐儉夫禮惟其稱而已此卽禮也文王之化何厚薄于男女貞女不受陵于暴男固爲美也暴男敢肆陵于貞女抑何暴耶此與序行露之詩皆所不曉

何彼穠矣三章

何彼穠矣唐棣之華曷不肅雝王姬之車

唐棣郁李與桃李其開皆中春王姬以夏受送當二三月出舍四五月出竟七八月受迎十一二月至齊成禮詩人所見正春盛花發王姬去魯之齊之時也肅無聲而靜貌雝有聲而和貌何不如此

以觀王姬之車雖尊無所忌憚而徒悅其繁美曷不肅亦譏者勸使國人何不如此也是時周已衰齊又亂魯桓公爲昏主又亂此人所以有媟心也

何彼穠矣華如桃李平王之孫齊侯之子

平王周平王也平王之孫桓王之女也杜氏以齊襄公親迎則自娶也審爾則齊侯之子謂僖公之子也見魯莊元年夏單伯送王姬秋王姬歸于齊甚明凡詩稱某王某侯或稱謚亾者稱謚或稱國存者稱國不必委曲援引寧王格王之類終爲强辭度詩顚倒參錯亦多如豳風皆周公之詩所又

可曉

其釣維何維絲伊緡齊侯之子平王之孫

齊與周爲昏當是魯桓公文姜夫婦爲之委曲故桓公爲之主此所謂釣緡也亦玩之辭案王氏之文語急而詞省此謂玩之之辭省一之字既注曰斥之辭也陟屺曰悲之辭也皆同

聞音曰華方無切子奬禮切孫須倫切

總聞曰舊說以爲唐棣桃李皆爲芍藥洛陽芍藥之品有緋桃碧桃千葉李郁李之類其援引甚新美然不必如此即今郁李桃李其名皆後世因花色豔而比合爲名非古有也當是以平王遷洛陽而洛陽不惟牡丹爲冠芍藥亦異于他所故舉其最盛爲辭又王姬當以奇花喻不當以他花比見甚博意甚嘉而詩人偶觸物遂興情初非有所差擇也

騶虞二章

彼茁者葭壹發五豝于嗟乎 止 騶虞

彼茁者蓬壹發五豵于嗟乎 止 騶虞

聞句曰舊一章三句今爲四句語意尤長

總聞曰此爲春田者也一行止五獸言甚不多也草始茁獸未有深茁所取如此其心雖慈然其禮

不可闕也供國祭祀充君膳羞有不得已者每有所獲必舉騶虞稱嘆言安得今人如此獸不踐生草不食生肉者也其心甚不欲也

詩總聞卷一

後學　王簡　校訂

詩總聞卷二

宋　王　質　撰

風

聞風一

風樂歌名也禮寛而靜柔而正者宜歌頌廣大而靜疏達而信者宜歌大雅恭儉而好禮者宜歌小雅正直而靜廉而謙者宜歌風言風不及南當是風也南也其聲同律故舜樂先南次風同被之于琴其聲無爽也季子獨稱南不稱風凡及風者止稱國至雅則稱雅頌則稱頌惟衛齊因辭及風亦

非指名稱風蓋南風同類舉南則風在中也雅亦有風頌亦有風故豳詩有豳雅豳頌嵩高其風肆好烝民穆如清風禮商者五帝之遺聲也商人識之故謂之商齊者三代之遺聲也齊人識之故謂之齊頌風亦並言明南風雅頌其聲皆相通也禮風賦比興雅頌六詩當是賦比興三詩皆亡風雅頌三詩獨存風南一也往往南聲簡于風聲故存者南少而風多也

聞風二

列國立說甚多然不必也今詩魏在齊下而館本案此

邶風 下原文缺

柏舟五章

汎彼柏舟亦汎其流耿耿不寐如有隱憂微我無酒以敖以遊

此當有難言者也言隱憂言靜思下章不愬他人而愬同姓蓋有不可顯言者也

我心匪鑒不可以茹亦有兄弟不可以據薄言往愬逢彼之怒

鑒當作藍實可茹與下匪石匪席同意

我心匪石不可轉也我心匪席不可卷也威儀棣棣不可選也

言我趨美如此屈氏紛吾既有此內美兮又重以之修能案此引離騷經之以字誤倒在位皆同類威儀如此不可擇而告之也

憂心悄悄慍于羣小覯閔既多受侮不少靜言思之寤辟有摽

辟開也摽拊也開其禁而拊其心也今人憤悶者猶然

日居月諸胡迭而微心之憂矣如匪澣衣靜言思之

不能奮飛

日月愈久愈微所謂但見有不如也

聞音曰轉陟兗切卷眘勉切

聞訓曰左氏懼選杜氏數也言多威儀不可勝數也

總聞曰不遇非所當憂蓋憂時也古列國通疆皆可之然有所不忍與何必懷此都異意此人蓋愛君親上者也

綠衣四章

綠兮衣兮綠衣黃裏心之憂矣曷維其已

綠兮衣兮綠衣黃裳心之憂矣曷維其亡

綠兮絲兮女所治兮我思古人俾無訧兮

絺兮綌兮淒其以風我思古人實獲我心

言衣服漸闕恩愛弛也一章綠衣黃裏二章綠衣黃裳已非備禮之正服三章但有綠絲而不能成衣裳也四章以夏服禦秋冬之風并與綠絲亦無可見恩愛盡替也其初已度他時之有增故末云實獲我心言與所期相應也

聞音曰治澄之切訧于其切風字惜切案字惜二字誤據他篇皆作孚惜切許氏風以凡得聲古凡汾林切自昔用風

皆與汾林之屬相叶
總聞曰其爲婦人哀怨之辭無疑但其人未可知
舊說以爲莊姜雖不敢不信然尋詩未有所見此
婦人必有識慮知古今多稱古人者言古有此今
當之也班氏綠衣兮白華自古兮有之

燕燕四章

燕燕于飛差池其羽之子于歸遠送于野瞻望弗及
泣涕如雨
二月中爲乙鳥至當是國君送女弟適他國在此
時也

燕燕于飛頡之頏之之子于歸遠于將之瞻望弗及
佇立以泣
燕燕于飛下上其音之子于歸遠送于南瞻望弗及
實勞我心
仲氏任只其心塞淵終溫且惠淑愼其身先君之思
以勗寡人
仲氏次女也任氏也其女所嫁之家也先君鍾情
此女以屬于我故以美言譽之以善言勸之思其
父則愛其男女之兄弟且于女兄弟尤深今人多
然又況旣孤乃始出適益傷其父之不見而念其

妹之愈切也

聞音曰野上與切南尼心切淵一均切

聞跡曰任當是薛國

總聞曰君夫人出遠郊送歸妾既違妻妾尊卑之禮又違婦人迎送之禮莊姜識禮者也鄭氏以歸妾爲戴嬀歸宗也戴嬀既生桓公烏有絕其母子之理莊姜亦識義者也以桓公爲己子而絕戴嬀使不母桓公人情斷矣又烏有瞻望泣涕不可勝忍之情且有大可疑者使桓公幼穉戴嬀隔離容或有之既稱先君則莊公已沒桓公已立尤非人情也尋詩差池若有一前一後之意頡頏上下若有一低一昂之意當是女子往適人君子來迎婦故即燕取興兼其末皆非婦人稱謂之辭

日月四章

日居月諸照臨下土乃如之人兮逝不古處胡能有定寧不我顧

之人是人也當是在位者爲人所間君忘故情已失故處望是人甚深不斥言之爲君故婉也此近厚之人也

日居月諸下土是冒乃如之人兮逝不相好胡能有

定寧不我報
日居月諸出自東方乃如之人兮德音無良胡能有
定俾也可忘
毛氏曰日始月盛皆在東詩人言月多東指其盛
也
日居月諸東方自出父兮母兮畜我不卒胡能有定
報我不述
言不如其死也詩凡無所愬者多歸天次歸日月
次歸父母不能堪者多歸死今人猶有此態此効
力爲國而有所問也度其勢未已故皆曰胡能有

定也
聞音曰顧果五切
聞訓曰居諸皆辭也禮檀弓曰何居鄭氏音姬齊
魯之間語助也
總聞曰莊姜既曰賢婦當曉名義又識禮分在莊
公則爲無良在莊姜則爲不可忘乃有深銜切憤
之意似非賢者所存也碩人之詩其愛君之情如
此必無過當之辭也
終風四章
終風且暴顧我則笑謔浪笑傲中心是悼

終風末風也風至末則衰猶能爲暴況當盛時可謂大異也天災如此當儆懼而反傲侮是可憂也

終風且霾惠然肯來莫往莫來悠悠我思

當是謔浪笑傲者來過君子君子不欲親之我不往彼彼亦勿來此也疏之之辭也

終風且曀不日有曀寤言不寐願言則嚏

嚏噴鼻也俗言爲人暗及則鼻發聲此當是謔浪笑傲之人不平君子之不與己同故切齒也

曀曀其陰虺虺其靁寤言不寐願言則懷

氣象猶冬雷也故君子深憂至于不寐也

聞音曰霾陵之切來陵之切思新齎切懷胡隈切三章皆用引韻獨此不用舊說以爲疑詩無定體以叶爲先苟叶雖少參差無害

總聞曰敬天者有災則罪己慢天者有災則罪人此遭異變而反瀆侮者必以某人某人致此在位相過及之類不相知有識者獨憂也

擊鼓五章

擊鼓其鏜踴躍用兵土國城漕我獨南行

衞伐鄭之役在魯隱四年是役宋陳蔡皆從夏秋再舉初踴躍後乃憂嗟不堪速役也左氏苦哉邊

地人一歲三從軍衞在河北鄭在河南城漕不離
國也伐鄭則越境差遠故有嘆羨其徒之辭
從孫子仲平陳與宋不我以歸憂心有忡
不我以歸者夏還而冬再舉當是征夫不得還家
也
爰居爰處爰喪其馬于以求之于林之下
居死者也死歸冢壙謂之居處傷者也傷留在處
謂之處喪馬有刑不敢歸則逃者也
死生契闊與子成說執子之手與子偕老
上則契死則闊同歸偕老願之辭也

于嗟闊兮不我活兮于嗟洵兮不我信兮
不能契而竟當闊也故此不言契而獨言闊不知
在遠者信我爲死邪不信我爲死邪想不信我死
幸其生也
聞音曰兵晡茫切行戸郎切冲敕衆切老魯吼切
信斯人切馬下相叶今從現音馬莫下切下亥雅
切易林東行西處喪其犬馬南求驊騮失駒林下
亦自與處相叶今處既不甚切不必叶可也
總聞曰再舉皆勝而人情如此蓋知州吁之必不
免故人慮并及禍而有憂心也衆仲曰州吁阻兵

而安忍阻兵無衆安忍無親衆叛親離難以濟矣
又曰州吁弒其君而虐用其民欲以亂成必不免
矣衆仲之語即衛人之情也

凱風四章

凱風自南吹彼棘心棘心夭夭母氏劬勞

孤子事寡母者也當是賤者之家母采棘心以爲
食棘心棘芽也其子不欲其母親此故傷其勤勞
其意蓋在乎保衰佚老也

凱風自南吹彼棘薪母氏聖善我無令人

采棘心猶之可也采棘薪則勤勞過甚也其子以
爲婦當代姑不欲其母太勞也有子至七人其年
已老不當采薪故其子傷其母而罪其室家也

爰有寒泉在浚之下有子七人母氏勞苦
睍睆黃鳥載好其音有子七人莫慰母心

感寒泉其母勞而口渴也感黃鳥其母勞而聲急
也此所以責妻又責已也

聞音曰南尼心切下後五切

聞跡曰寒泉經河內雍城與清水合

總聞曰令人賢婦也七婦未必皆不賢而其子憐
其母故責其婦也孟子曰凱風親之過小者也小

弁親之過大者也親之過大而不怨是愈疏也親之過小而怨是不可磯也凱風之過不能從其子之善意必寡識者也小弁之過不能救其子之顛危必寡情者也此孟子所謂大小之別也趙氏以爲凱風言以慰母心母心不悅親之過小也小弁言行有死人尚或墐之而曾不憫已親之過大也此頗得孟子之意小弁之序以爲作于太子之傅而趙氏以爲作于伯奇是時已不用序故弁載于此

雄雉四章

雄雉于飛泄泄其羽我之懷矣自詒伊阻

季冬節爲雉始雊今飛鳴如此當是春深婦人感春暮而動心所謂有女懷春者也食其祿而不去有此隔絕則是自詒也

雄雉于飛下上其音展矣君子實勞我心

瞻彼日月悠悠我思道之云遠曷云能來

瞻彼日月謂日沒月出月沒日出日月漸長而君子何時能來也

百爾君子不知德行不忮不求何用不臧

忮心求心最害心源之本也所以子路終身誦之

而孔子以爲何足以臧言忮求皆生于心不治苟
能治心安有此病也
聞音目思新賷切來陵之切行戶郎切
總聞曰此蓋婦人發辭以雄雉比其夫以雌雉比
己也末章百爾君子如州長掌師田行役之事縣
師掌軍旅田役之事者也苟無害于人無邀于人
何所用而不爲善此必有求于役者而不遂故獨
使遠役其妻所以有怨辭雖怨猶有相勸爲善之
意此婦人亦近厚也

匏有苦葉三章

匏有苦葉濟有深涉深則厲淺則揭有瀰濟盈有鷕
雉鳴濟盈不濡軌雉鳴求其牡
雝雝鳴鴈旭日始旦士如歸妻迨冰未泮
自暮春逼媒至暮冬合昏正月節爲解凍冰未泮
則猶冬言非時
招招舟子人涉卬否人涉卬否卬須我友
男女之家當隔濟而居故逼媒及成昏皆以度水
爲辭須友女辭也猶有所待者知時太早欲少緩
以須仲春不肯先期也女必甚賢而父母急欲遣
之非女意也

聞音曰揭苦例切軌擧有切否補美切友羽軌切卬讀作我今人猶有此音下又我兼稱

聞跡曰濟濟水也濟不可涉或是濟之支流故亦稱濟

總聞曰爾雅繇膝以下爲揭繇膝以上爲涉繇帶以上爲厲此書雖云與于中古隆于漢氏細推止是漢儒相發明以實訓注然亦非一人所爲所以多迂如揭爲揭衣膝以下安用揭衣衣上裳下與衣恐礙故釋者以爲褰裳如以衣涉水爲厲繇帶以上水及衣非止膝以上乃反爲涉與厲恐礙故

釋者以衣爲褌（館本案褌原本作禪攷孔疏衣涉濡褌也此云釋者正指孔應從褌今改正）此類甚多至以爲出于周尤所不解（案周下疑有公字張揖上廣雅表曰昔在周公六年制禮以導天下著爾雅一篇以釋其義雪山以張說爲不可信）也

谷風十二章

習習谷風以陰以雨黽勉同心不宜有怒

婦人承夫命出有所營當是夫厭薄婦以此爲端而稍遠之且稍苦之登塗而値風雨觸境興懷然其辭皆理正情長度其曲在夫也

采葑采菲無以下體德音莫違及爾同死

行道遲遲中心有違不遠伊邇薄送我畿
誰謂荼苦其甘如薺宴爾新昏如兄如弟
涇以渭濁湜湜其沚宴爾新昏不我屑以
當是其夫以他事加其妻故其妻忿言我持正
無慊臨行當見涇渭之流故興辭也
毋逝我梁毋發我笱我躬不閱遑恤我後
臨行祝後事之辭當是其家近水此言梁笱下言
方舟泳游恐是臨涇渭支流上云涇渭也
就其深矣方之舟之就其淺矣泳之游之
何有何無黽勉求之凡民有喪匍匐救之

不我能慉反以我爲讎既阻我德賈用不售
阻我所德以物易食于人而人又不售訴窮之辭
昔育恐育鞫及爾顛覆既生既育比予于毒
昔育子之時恐所育者窮并爾皆不相保今所生
既可育及視我如毒言家理稍進子息已全不堪
我有旨蓄亦以御冬宴爾新昏以我御窮
乾蓄非喜啖也特無可奈何地力稍蘇蔬本稍長
則不用矣今西北多然言夫窮相親富相疏
其見斥也
有洸有潰既詒我肄不念昔者伊余來塈

不以美言唊之又以武怒加之付以勞苦之事不念我始來相歸之時少使我安息也當是其夫與所昵安享而其妻經營勞苦故甚不堪也

聞音曰救居尤切售時周切

聞章曰舊六章今爲十二章

聞物曰葑蔓菁也菲蔓菁類也毛氏芴也爾雅葸也說文芴也今葸芴二名不傳郭氏以爲紫葉赤色是蔓菁也根亦可食故曰無以下體也

聞用曰笱魚笲籃也

總聞曰此非絶也特以勞役之事苦之新昏近有所昵非納采問名而禮昏者也徒見兩及新昏男女之合以夜晝居于內問疾可也故以納婦爲昏其他交際皆可稱昏丁氏昏冥也從女許氏婦家也詩多爲昏大率論古當以人情推之既絶不可以相見而尚薄送何也既絶遂爲他人而尚視以毋逝毋發何也末云伊予來塈望來而求安也絶則豈復來乎泥新昏兩字失一篇大意所謂君子不亮烏乎執先亮而後執則善不亮而徒執故闇者不可以語也

式微二章

式微式微胡不歸微止君之故胡爲乎中露

式微發辭也微如旄丘所謂瑣尾者也當是黎侯行李薄旅況悴故再言式微甚可憐也尋詩稱君所謂黎侯出寓可從

式微式微胡不歸微止君之躬胡爲乎泥中

下語又單稱微其意尤可悲也露人所不欲犯而胡爲犯之指在旁故舊也泥人亦不欲犯而胡爲犯之指君自己也當是此役相隨者有故無親故旄丘責其親也

總聞曰中露泥中言行役冒犯之苦語法如此未必是地名也鄭氏所謂衞公以二邑處黎侯或說衞公者宣公也宣公父子夫婦其亂不可勝言何暇及人能以二邑處黎侯蓋亦過厚而黎之臣子責以不修方伯連率之職似非人情故旄丘之叔伯若以人情推之當爲黎之親族而非衞之臣子也

旄丘四章

旄丘之葛兮何誕之節兮叔兮伯兮何多日也

旄丘丘之多草木者也星名旄頭言光芒多冠亦名旄頭言羽毛多多葛野葛也深春乃見此詩當是

此時言行役久歷怨時不知以何時而出盡春未歸
其親族皆不恤言其無情也
何其處也必有與也何其久也必有以也
狐裘蒙戎匪車不東叔兮伯兮靡所與同
其衣既不整無車又不能東行役如此乏闕而親
族不與同憂又責其無情也
瑣兮尾兮流離之子叔兮伯兮褎如充耳
瑣細尾亦細言在末者微也流離被服如此而親
族如不聞也甚責其無情也
聞音曰節子悉切久舉理切子奬禮切

聞事曰古隴頭歌隴頭流水流離山下吾念一身
飄然在野與流離同意鄭氏言鳥名恐非
總聞曰當是卑者責尊者也宗族有故尊者當任
之而以叔伯爲衞臣聖人必不以此無理之事存
之何以勵爲親戚且爲臣子者也

簡兮四章

簡兮簡兮方將萬舞日之方中在前上處
簡擇也所以下云日中所擇之時也
碩人俁俁公庭萬舞有力如虎執轡如組
伶官其貌與力與伎皆武士以武士爲伶人武備

之弛盖可見也

左手執籥右手秉翟赫如渥赭公言錫爵

伶官執事之際乃飫以酒見之于容下不恭肅則上之淫湎亦可見也

山有榛隰有苓云誰之思西方美人彼美人兮西方之人兮

詩人有所指也其人當在西之山野故云山榛隰苓言斯人在位濁亂必不至此必秉正不詭隨者也

聞音曰翟直角切

聞用曰萬舞也篆文象形龍生鼎齊侯鐘尤明

總聞曰公庭非祭所蓋燕樂也賢者必不肯入此流執此事蓋自碩人生此意碩俁皆大也與下如虎相應此亦非賢者之容其所謂賢者在西方者是也

泉水四章

毖彼泉水亦流于淇有懷于衛靡日不思孌彼諸姬聊與之謀

此當是衛女適他國而他國女復適衛交相爲昏姻送别之辭故下傳意歷問其親也其地必相近

皆與淇相接者也

出宿于泲飲餞于禰女子有行遠父母兄弟問我諸姑遂及伯姊

出宿于干飲餞于言載脂載舝還車言邁遄臻于衛不瑕有害

亦欲亟至衛雖無瑕然有害言夫必以爲罪也故不敢言歸

我思肥泉兹之永歎思須與漕我心悠悠駕言出遊以寫我憂

聞音曰思新齎切謀謨桎切泲奬禮切弟待禮切

干居焉切舝下介切害暇憩切歎他涓切漕祖侯切丁氏水運也舊說疑未盡因水運得名何害古曹祖侯切漕以曹得聲亦不礙運義

聞跡曰美溝遷朝歌注淇水爲肥泉漕水注河遷鞏縣泲水合渠赤歷中牟于言恐皆是地名衛縣有竿城恐是干甘陵有信鄉故縣恐是言字禰須亦皆地名

總聞曰不見父母終之意但言女子有行與父母兄弟相遠此常事亦常情也

北門三章

出自北門憂心殷殷終窶且貧莫知我艱已焉哉天實爲之謂之何哉

北門所從去國之道

王事適我政事一埤益我我入自外室人交徧讁我已焉哉天實爲之謂之何哉

王事敦我政事一埤遺我我入自外室人交徧摧我已焉哉天實爲之謂之何哉

當是出而幹職事歸而遭阻問故有怨辭

聞音曰艱居銀切哉將黎切讁竹棘切敦都回切遺夷佳切

總聞曰各隨所方之門爲所適之道不必言背明向陰偶爾向北若東門之墠東門之枌皆向明之方而其詩反皆暗昧淫濁之事恐難以方論也

北風三章

北風其涼雨雪其雱惠而好我攜手同行其虛其邪既亟只且

北風其喈雨雪其霏惠而好我攜手同歸其虛其邪既亟只且

此當是離本邦適他國又不安而歸也

莫赤匪狐莫黑匪烏惠而好我攜手同車其虛其邪

旣亟只且
　狐烏皆野所見言狐赤烏黑皆不以寒而改行役
　顔色改變傷之辭也
　聞音曰行戸郎切邪祥余切且子餘切喈居奚切
　車斤於切
　聞訓曰涼風色薄也喈風聲緩也大率風作雪者
　也雪成則風稍止雨作去聲
　總聞曰常情重遷虛歎辭非不欲徐而不可不急
　只且皆歎聲屢歎者深不欲去之意也

　　靜女三章

靜女其姝俟我于城隅愛而不見搔首踟躕
　當是其夫出外爲役婦人思而候之此是其夫辭
靜女其孌貽我彤管彤管有煒悅懌女美
自牧歸荑洵美且異匪女之爲美美人之貽
　形管樂器之加飾者也以遺其夫荑草之美者也
　以遺其婦交相爲悅也
　聞音曰異盈之切叶荑吳氏貽作以志切旁紐皆
　可叶然作平聲讀意多
　聞字曰愛而不見方言注以愛爲薆正引此詩言
　掩翳也亦有理然不必如此愛而不見之意亦深

聞事曰或以爲尋隈竊合此安得爲靜女

總聞曰牧見左氏隱五年鄭侵衛牧杜氏衛邑當是此地夫自牧而歸女隅城而候當是官役稍苛牧夫遲歸婦人思君子之深出門亦非獲已然猶不敢遠至城之外而潛處城之隈足見其靜也

新臺三章

新臺有泚河水瀰瀰燕婉之求籧篨不鮮

新臺當是地名新臺有泚清也有洒淨也河水瀰瀰盛也浼浼濁也新臺之地必有水而清非河之比也尋詩當是此地之人娶妻不如始言故下有

不悅之辭本求燕婉乃得惡疾者爲可恨也

新臺有洒河水浼浼燕婉之求籧篨不殄

魚網之設鴻則離之燕婉之求得此戚施

夫不悅其妻則以惡疾詆之此夫必淫泆婦必高潔河水濁而臺清魚網下而鴻高婦不同夫故夫不悅婦籧篨今龜胷也戚施今駝背也二疾雖亦有兼之者然未必至此恐是溢辭

聞音曰鮮想止切洒先典切浼美辨切殄他典切

聞字曰鄭氏殄作腆不必胡不早殄也惡辭也

聞跡曰衛玷臺女臺三女臺皆在河側所至地名

不論虛實眞僞多相承爲稱

總聞曰聖人存詩所以訓世也聖人曰詩可以興可以觀可以羣可以怨邇之事父遠之事君審爾則此等之詩誠不可于君臣父子之間言之聖人所以爲世訓者乃如此往或進講及此拱手不啟口既而以其實對云有不可言于君父之前者自此凡此類悉不講遂以爲常恐非聖人本意而相承爲誠然故輕儇者則資玩狎之談而恭愿者則持緘默之誡春秋傳所載宣公之事雖有而恐非此詩識者更詳

二子乘舟二章

二子乘舟汎汎其景願言思子中心養養

二當作之女乘舟渡河而歸人其徒餞送者也舊說以爲伋壽爭相爲死之事尋詩乘舟汎水有相思不忍別之意伋壽之變死者一君二長子二公子大亂者二世交爭者三國而廢立者二天王豈所謂不瑕有害者然伋壽之死亦非人情似好奇者所爲辭伋壽之變縱如左氏所言亦曖昧倉卒而非如此從容者也願言思子送者之懷也

二子乘舟汎汎其逝願言思子不瑕有害

聞音曰景舉兩切害瑕憩切

總聞曰大率異詩同辭必當時常談如不瑕有害是也送人適人而動懷雖無他疵然不無所傷蓋人情以爲動念而慕之也當是未適人之女畏物之議如此蓋賢女也

詩總聞卷二

後學　王簡　校訂

詩總聞卷三

宋　王質　譔

鄘風

柏舟二章

汎彼柏舟在彼中河髧彼兩髦實維我儀之死矢靡他母也天只不諒人只

柏舟在中河欲濟河也當是送女歸人之舟母欲女歸人而女願事母不欲去家其母不以爲然故極道其眞心以死自誓以天爲辭母猶天也何不諒人而以人爲欺天烏有是理也兩髦未合髻也此我終身之象也誠非常情其母未信者以常情度其女也所以懟之于天也

汎彼柏舟在彼河側髧彼兩髦實維我特之死矢靡慝母也天只不諒人只

聞音曰儀牛何切孔氏古韻不甚要切引此詩汎彼柏舟在彼中河髧彼兩髦實維我儀是未考易鼎耳革失其義也覆公餗信如何也鄭氏儀作義二字古皆音俄他湯何切天鐵因切側莊力切天今他年切詩二十三用無叶他年白虎通論天身也天鎮也禮統天神也陳也珍也案隋志晉尚書儀曹郎禮統七

錄六卷唐志賈逵禮統十二卷雪山所見本未知爲隋爲唐今二書俱佚漢儒之學多以聲取義此五義皆與鐵因相近與他年無干也

總聞曰世固有賦女身而無婦心者此所謂維我特不與類同也此等必入山林謝世故凡古今所立之常制皆不可以拘也女終身不嫁如男終身不娶此其立志不凡也

墻有茨三章

牆有茨不可埽也中冓之言不可道也所可道也言之醜也

茨蒺藜也可以杜隔踰越此必有內外交亂而雜言者所以勿埽勿襄勿束言交亂之人其意欲除除之正中其訐也

牆有茨不可襄也中冓之言不可詳也所可詳也言之長也

牆有茨不可束也中冓之言不可讀也所可讀也言之辱也

聞音曰埽蘇后切道徒厚切

總聞曰冓數名十秭爲冓蓋其事不可勝數故難盡言也左氏昭伯之事尋詩皆無見但惠公敘卑而年少宣姜毋行昭伯兄行雖宣淫誰敢阻者似

不必以牆爲道也

君子偕老三章

君子偕老副笄六珈委委佗佗如山如河象服是宜子之不淑云如之何

玼兮玼兮玼當作泚其之翟也鬒髮如雲不屑髢也玉之瑱也象之揥也揚且之晳也胡然而天也胡然而帝也

瑳兮瑳兮其之展也蒙彼縐絺是紲袢也子之清揚揚且之顏也展如之人兮邦之媛也

聞音曰珈居何切佗待何切宜牛何切翟其禮切

髢徒帝切揥敕帝切晳征例切展諸延切袢汾乾切顏魚堅切媛于權切

聞字曰展展衣也次言展如之人言展衣乃似此人也下語如蓮花似六郎

總聞曰此詩雖句讀不倫頗似有軼或誤大率一章先言服次言德不能象服二章三章先言服次言容能象服初言不淑太峻也次言胡然何爲如天如地言其尊奚由如此頗嫵也次言不如不以已能象服爲美乃以服能象已爲美過婉也詩人措辭多如此所以爲忠厚也

桑中三章

爰采唐矣沬之鄉矣云誰之思美孟姜矣期我乎桑中要我乎上宮送我乎淇之上矣

桑中在五句而以爲首題以所期之地爲主桑中在常山沬在朝歌上宮未見或是宮室之名

爰采麥矣沬之北矣云誰之思美孟弋矣期我乎桑中要我乎上宮送我乎淇之上矣

爰采葑矣沬之東矣云誰之思美孟庸矣期我乎桑中要我乎上宮送我乎淇之上矣

聞音曰中諸良切易林采唐沬鄉要我桑中正用此詩宋氏古詩不以字害句故音韻清簡隨時改易并在東薪人張韻音直取順意而已若爾何所不可不改顏氏中有章音又關中呼舅爲鍾鍾者章之轉也糾繆漢注皆云釋名兄公曰兄章舅公曰舅章中張固自相叶何謂順意也宮居王切上辰羊切麥訖力切

聞人曰申叔跪謂巫臣曰夫子有三軍之懼而又有桑中之喜宜將竊妻以逃也謂適鄭欲納夏姬而適他國故盡室去楚也舊說因而有相竊妻妾之辭竊妻盡巫臣盡室以行必不令楚知故曰竊

也今詩縱是淫奔非妻卽妾非妾卽妻亦無妻妾之相竊之理蓋巫臣之行有其妻則夏姬當爲妾也作序似在左氏之後其說皆附合左氏爲之而不省其不倫也

總聞曰姜氏弋氏庸氏皆當時著姓當是國君微行以采茹爲辭約諸女之中意者期諸某所要之某所雖爲勢力所逼而親黨爲榮故送者無他辭

鶉之奔奔二章

鶉之奔奔鵲之彊彊人之無良我以爲兄

鶉今鵪鶉鵲今鵶鵲方春求接之時當是國君以

此人而尊諸嬪御之上故有不平之辭

鵲之彊彊鶉之奔奔人之無良我以爲君

兄長也君主也無良而我以長以主事之不堪之辭

聞音曰彊居良切兄虛王切

總聞曰此是女御之憤辭恐是桑中所納者申叔跪所謂巫臣有三軍之懼而又有桑中之喜謂與夏姬合謀也斯人主內政宜人情之不服也

定之方中三章

定之方中作于楚宮揆之以日作于楚室樹之榛栗

椅桐梓漆爰伐琴瑟

定營室也方中爲小雪候正農隙之時古人舉事常儲後利不責近效此六木雖艮而難長蘇氏所謂栽種成陰十年後倉皇求買萬金無六木不獨中琴瑟但以琴瑟爲先

升彼虛矣以望楚矣望楚與堂景山與京降觀于桑卜云其吉終焉允臧

徙居在楚丘故皆以楚爲辭

靈雨既零命彼倌人星言夙駕說于桑田匪直也人秉心塞淵騋牝三千

植桑貴土潤地蘇上卜者卜雨也此靈雨者應允臧也所以適田觀植桑也舊說秉心塞淵然後騋牝三千又引思無邪然後能斯馬斯徂尋詩文勢自可見言衞文匪直如此之人也秉心如此治國如此人初以衞文覆亾之餘不無相輕之心至是始知非凡也他說引禮能盡其性則能盡人之性盡人之性則能盡物之性理則甚深而無預于此詩也

聞音曰虛丘呂切京居良切田地因切淵一均切干倉新切

聞跡曰堂京桑虛景山皆地名桑堂在常山景山在澶淵州京在河南虛杜氏在宋未詳其都楚丘在澶州衛南縣

聞物曰其木凡七種于桑爲詳蓋切于諸木

聞事曰左氏元年革車三十乘季年乃三百乘杜氏季年在僖二十五年以文公滅邢之歲爲十倍之時不必如此元年孟次年仲又次年季

總聞曰魯閔二年十二月衛亾戴公立廬曹一年而亾僖元年冬文公立二年春城楚丘冬遷楚丘正營室方中之時經晝營建雖迫遽如此然觀星

揆日攷卜亦不鹵莽滅裂有才有志者自不同也

蝃蝀三章

蝃蝀在東莫之敢指女子有行遠父母兄弟

蝃蝀今馬影多在東爲西日所射乃成當是送女之時所見今人猶言不可指指則手生腫也

朝隮于西崇朝其雨女子有行遠兄弟父母

朝寅卯間也雲升崇朝巳午間也雨降從旦至食時爲崇朝晚晴則虹見正五六月時雨暘不必拘此偶此日所見也

乃如之人也懷昏姻也大無信也不知命也

此人思昬太急而不知春之已過時之不可違男家無信失約故踰期女家不知命雖踰期必欲成禮可見古制已亾也

聞音曰弟待禮切母滿補切

總聞曰男女之判合皆係命以命責之理之正也舊說不得尊者之命或又舉詩凡七及命皆謂尊者所使不必如此大率詩發于衆情出于衆辭難拘以定律也

相鼠三章

相鼠有皮人而無儀人而無儀不死何爲

鼠穴蟲之總名也一種見人則交其前足而拱謂之禮鼠亦謂之拱鼠相或爲拱字變韓氏所謂禮鼠拱而立者也

相鼠有齒人而無止人而無止不死何俟

相鼠有體人而無禮人而無禮胡不遄死

聞音曰爲于嬀切開元凡經文皆作譌說文譌以爲得聲今皆得省文孔氏以譌作訛而楚辭爲叶波羅則音訛亦是兩讀皆可若此儀當牛何切

總聞曰當是在上而遇下無狀故有不樂生之心非詛其人速死也惡之欲其死聖人以惑處之豈

我心則憂

旣不我嘉不能旋反視爾不臧我思不遠旣不我嘉不能旋濟視爾不臧我思不閟

此當是旣行至漕爲人所沮不能進復濟漕而返也不能旋濟不能旋返言猶徘徊未即歸也視爾不臧言許人之意不善也我思不遠言我所懷不能及遠至近而止也我思不閟言我所懷不能施庇言親戚暴露也

陟彼阿丘言采其蝱女子善懷亦各有行許人尤之衆穉且狂

蝱有數種有木蝱有飛蝱木蝱治目痛背傷淚出飛蝱治胸腹咽喉結寒皆憂苦之疾采此欲療之也穉也狂也許人尤之辭也以夫人爲穉不練事狂不識事言狄勢如此衞勢如此豈可歸也

我行其野芃芃其麥控于大邦誰因誰極

此行當是暮春去衞亾數月控于大邦當是已知宋齊相救助但不知何所由何所至欲審其本末終始稍寛心也

大夫君子無我有尤百爾所思不知（當作如）我所之

前後稱大夫皆從行者也未達而旋歸爾思思在

許懷安也我所之在衞懷義也所以告許人之尤者也

聞音曰騑袪尤切漕徂侯切反孚巒切蝱謨郎切行戸郎切麥訖力切尤于其切易凡四一叶疑一叶之兩叶災災將黎切亦同叶此下無叶袪尤之屬

閒物曰蝱不必作莔去古既遠苟就文可通何必更易必不得已當委曲周遮今從蝱不用徐氏之說毛氏不改字直以爲貝母若不作莔烏得爲貝母也

總聞曰齊所以救衞所以立文公以齊子之故也宋所以救衞所以立戴公亦以齊子之故也案此齊子當作宋夫人詩下文益明許夫人既與齊子戴公文公宋夫人皆爲宣姜所出嫁宋者如此嫁許者獨不能如此所以懷憂慊也許夫人之意自度力不能以如宋必恥于不及宋女兄弟必有相爭相嫉之釁則宋許不睦之由茲以起此許人所以尤其歸唁而勒其旋反也爲許謀者必慮事深畏患切之人細推可見也

淇奥三章

瞻彼淇奧綠竹猗猗有匪君子如切如磋如琢如磨

瑟兮僩兮赫兮咺兮有匪君子終不可諼兮

淇竹北方多稱之漢武帝斬淇園之竹塞決河寇恂伐竹淇川治矢百餘萬毛氏以奧爲隈張氏以奧爲水所謂流入于淇者酈氏卽泉源之水是也子貢曰貧而無諂富而無驕何如孔子曰可也未若貧而樂富而好禮者子貢曰切瑳琢磨其斯之謂與孔子曰始可與言詩也告諸往而知來者蘇氏磋者切之至也磨者琢之詳也貧而無諂富而無驕所謂可也貧而樂富而好禮則賢于彼二言矣自是以上見可而不止則必有所至此說良是瑟僩光采之少也赫咺光采之大也此亦加切而有進也言淇水之奧綠竹之下有人如此一物不足以盡又再三假物稱之前後稱如凡十而獨竹不言如者以竹爲主竹卽人也

瞻彼淇奧綠竹青青有匪君子充耳琇瑩會弁如星

瑟兮僩兮赫兮咺兮有匪君子終不可諼兮

瞻彼淇奧綠竹如簀有匪君子如金如錫如圭如璧

寬兮綽兮猗重較兮善戲謔兮不爲虐兮

毛氏綠王芻今菉蓐草也竹篇筑今萹竹也案篇筑說文作萹蓫爾雅竹萹蓄字皆從草下文篇草亦皆當作萹鄭氏今淇川無復有竹惟王芻篇草不異毛與鄭氏不從班氏范氏之竹而從毛氏鄭氏之王芻篇草亦見其狹也政使其人似王芻篇草何言爲美也

聞音曰猗烏何切諼況遠切瑩于平切簀則歷切較古岳切

總聞曰度其人淸修慈裕使人愈久而愈不忘也切磋琢磨言其韠琫容刀之屬以玉爲飾者也充耳會弁言首服也重較言車乘也周旋讚詠甚言其可愛也

考槃三章

考槃在澗碩人之寬獨寐寤言永矢弗諼

碩人卽後碩人皆婦人也受尊者所鄙棄擕承槃而在幽壤有自傷之意不敢有不平之辭寬從莧細角山羊性緩亦作寬音三章皆舉物寬與獸爲伍也薖適與草爲儔也軸與車相守同處也言婦人棄置幽獨之狀也陳氏所謂魂踰佚而不返形枯槁而獨居又謂忽寢寐而夢想惕寐覺而無見者也連篇皆稱碩人不應如此大異一爲賢者一爲

夫人也

考槃在阿碩人之薖獨寐寤歌永矢弗過

考槃在陸碩人之軸獨寐寤宿永矢弗告

婦人雖有望情亦有厚意當是國君嬪御相嫉相間至此弗諼不忘其舊好也弗過不以爲深愆也弗告不以告君而害爾也矢指天爲誓亦慮妒者見疑或聞者弗信也鄭氏既以爲窮處之賢人則以爲求永不過君之朝永不告君以善太忍于君臣之間尚安得爲賢者也今以爲婦人既處以賢亦從于厚雖未必如此亦不戾聖人忠厚之本意

也

聞音曰澗居賢切寬區權切諼況元切過古禾切告姑沃切

聞用曰考槃器也周有壽槃類此

總聞曰當是國君之賢女與鄰邦爲配耦者道不同志不合故遭棄也其詳見下詩

碩人四章

碩人其頎衣錦褧衣齊侯之子衛侯之妻東宮之妹邢侯之姨譚公維私

毛氏以私爲姊妹之夫上文妻之姊妹曰姨則次

及姊妹之夫亦順

手如柔荑膚如凝脂領如蝤蠐齒如瓠犀螓首蛾眉

巧笑倩兮美目盼兮

子夏舉此詩多素以爲絢兮一句恐是他詩亦有巧笑美目兩句而繼以素以爲絢今不存也孔子子夏問答與此不類强合此詩恐涉牽彊也

碩人敖敖說于農郊四牡有驕朱幩鑣鑣翟茀以朝大夫夙退無使君勞

暮春親蠶之時既事而朝君又勉其臣蚤退恐君有勞此愛君之情也當是君厭政事溺燕私欲以

此稍中其欲少求自安也

河水洋洋北流活活施罛濊濊鱣鮪發發葭菼揭揭庶姜孽孽庶士有朅

詠河之水河之物而思歸齊不安于衛也庶姜庶士齊人來迎者也當是盛夏之時當時不見歸齊恐是所望如此

聞音曰活古闊切盼匹見切濊呼活切發補末切

聞字曰論語作盼毛氏許氏陸氏作盻又有作盻恐作從目從分是言分目也古字參差極多傍意稍通即可從

聞跡曰北流河也書河自西而南自南而東自東
而北曰北爲逆河入海孔氏海渤海也自漢而後
始轉北流爲東流蘇氏有北流赴海復禹舊跡之
勢元祐間以此爲嘉殆順勢也
總聞曰碩人寬大之氣象可見前永矢者皆誓及
嬪御之辭誓不以見娼相忌誓不以見害爲過誓
不以陰私爲言而此詩又于君之情如此然其心
終欲善歸而脫禍也古者婦人失愛于國君者則
有本邦可歸後世居尊而弛情者幸則再見不幸
則終殞如長門陳后所以願賜問而自進得尙君

之玉音也

氓六章

氓之蚩蚩抱布貿絲匪來貿絲來旣我謀送子涉淇
至于頓丘匪我愆期子無良媒將子無怒秋以爲期
此非氓乃士也下章多言士言氓者斥之辭也以
蚩蚩之語可見皆婦人歷數之辭也此言初謀
之時當是其夫卽欲合其妻以無媒爲辭恐以
合獲罪雖非時猶有所憚是時仲春之制恐已漸
廢
乘彼垝垣以望復關不見復關泣涕漣漣旣見復關

載笑載言爾卜爾筮體無咎言以爾車來以我賄遷

此言及期來歸之時泣涕憂其夫失約也笑言喜其夫如期也恐是其夫規其妻之財故誘成此事車來賄遷可見

桑之未落其葉沃若于嗟鳩兮無食桑葚于嗟女兮無與士耽士之耽兮猶可說也女之耽兮不可說也

此言初謀合之時旁觀亦有不可之意其辭婉委周悉當是有識有慮者也

桑之落矣其黃而隕自我徂爾三歲食貧淇水湯湯漸車帷裳女也不爽士貳其行士也罔極二三其德

此言既歸不相諧之事桑沃當是其謀以夏時桑隕當是其歸以秋時無食至三年言窶甚涉水至漸帷言勞甚我雖受苦如此初無爽意爾之貳心將何時而已自二至三言有增也

三歲爲婦靡室勞矣夙興夜寐靡有朝矣言既遂矣至于暴矣兄弟不知咥其笑矣靜言思之躬自悼矣

此言施勞報苦之事靡室勞者言無有室家似我勞也靡有朝者言不待朝而起幹家也三年言甚久也女漸遂意則以暴見加所以自傷取笑于人也

及爾偕老老使我怨淇則有岸隰則有泮總角之宴言笑晏晏信誓旦旦不思其反反是不思亦已焉哉

此言自締髮初立誓今隆言之事淇隰成昏之所當是夫家在淇隰之間猶有望其反思不爾則亦已欲訣未訣之辭也

聞音曰謀謨極切丘禧奇切闚圭元切葚知林切耽持林切隕于貧切爽師莊切行戶郎切反孚絢切哉將黎切

聞訓曰蚩毛氏敦厚也許氏蟲也丁氏癡也下文行迹似非敦厚亦非癡愚所爲當從蟲山中人亦謂蝱爲蚩

聞跡曰頓丘在淇水南淇隰皆在懷縣西南垝垣復關亦當是地名

聞事曰抱布謂抱衾也所貿止絲非布也絲布不同時鄭氏季春始蠶孟夏賣絲是是

總聞曰此婦人之合雖非正然猶求媒雖犯禮然猶記善言恐其咥笑者卽向之于嗟者也失行之婦人如此可愍而不可絕況其終有悔辭此聖人所以存之大率聖人所存多近厚者也

竹竿四章

籊籊竹竿以釣于淇豈不爾思遠莫致之

今人寓物適意泛舟垂綸亦其常情前人多見于吟咏之間古詩釣竿何珊珊魚尾何簁簁籊籊珊珊皆釣竿聲也

泉源在左淇水在右女子有行遠兄弟父母

淇水在右泉源在左巧笑之瑳佩玉之儺

去舟泉源左淇右回舟泉源右淇左巧笑佩玉皆思父母兄弟也

淇水滺滺檜楫松舟駕言出遊以寫我憂

不必車言駕舟亦得言駕今猶謂之駕船

聞音曰右羽軌切弟滿彼切瑳七可切儺乃可切

聞用曰衛地必多松栢之屬檜亦松栢類也屈氏祖之美要眇兮宜修沛吾乘兮桂舟又蓀橈兮蘭旌桂櫂兮蘭枻不惟古者水陸之產皆茂于後世而舟楫止濟不通非若後世萬斛千夫也故能以芳木爲之自屈氏以下皆寓虛辭爲美談非實然也

總聞曰此去家歸人猶在衛故不離淇水也舉目不見舉足難至雖近亦以爲遠所謂寸步千里前人亦常見吟咏之間

芄蘭二章

芄蘭之支童子佩觿雖則佩觿能不我知容兮遂兮垂帶悸兮

芄蘭言童子之狀如蘭薄弱也觿角錐文事也童子未可鐵恐有所傷故角亦從金長則金錐所以畫簡也今雖有文具而無所知言幼騐容當以遂爲美今悸是幼而不能爲容也

芄蘭之葉童子佩韘雖則佩韘能不我甲容兮遂兮垂帶悸兮

韘指沓今包指武事也雖有武具而不能狎習甲狎也

聞音曰芄蘭蘿摩也東人呼爲白環北人又爲雀瓢藤生籬落閒俗傳去家千里莫食蘿摩枸杞此是

總聞曰此貴家飾童子而不知其不可勝也

河廣二章

誰謂河廣一葦杭之誰謂宋遠跂予望之

以葦爲桟今河上猶用此

誰謂河廣曾不容刀誰謂宋遠曾不崇朝

聞音曰望武方切

聞字曰杭航也刀舠也古字或從節[illegible]後字漸增正

總聞曰此宋人而僑居衛地者也欲歸必有嫌而不可歸

伯兮四章

伯兮朅兮邦之桀兮伯也執殳爲王前驅

當是衛人從王伐鄭在魯桓五年以詩爲王前驅可見

自伯之東首如飛蓬豈無膏沐誰適爲容

其雨其雨杲杲出日願言思伯甘心首疾

雨而阻行未至宜也既晴尚復未至所以憂疑

焉得諼草言樹之背願言思伯使我心痗

聞訓曰言辭也

聞跡曰鄭在衛東故曰之東

聞人曰伯君子字也執殳旅賁之流當是衛王者在役兵之中稍近故夫有字妻有膏沐又曰邦桀所謂虎賁也

總聞曰蓬至秋則根脫遇風則亂飛萱草盛夏則吐花深夏則彫伐鄭之役在秋故皆舉秋物寄意背樹而立嘆美草之已萎不可復榮恐君子萬一不幸也當是已知王敗績潘氏彼詩人之攸嘆從

願言而心痗（案此潘岳寡婦賦之文從當作徙予之誤也）榮華蔚其始茂良人忽以捐背蓋得本意㸃憂草萱堂北堂之類皆因舊說而生

有狐三章

有狐綏綏在彼淇梁心之憂矣之子無裳

狐短狐也野狐多穴古樹深冢今與水相附知非野狐渡水防此者以物蔽影今無衣裳此物可施毒也

有狐綏綏在彼淇厲心之憂矣之子無帶

有狐綏綏在彼淇側心之憂矣之子無服

聞音曰帶丁計切服蒲北切

聞訓曰綏綏安行貌

聞物曰或謂南方有此北方無之詩謂爲蜮春秋謂有蜮皆此物也俗傳四月上弩六月下弩秋而有之異也然則不獨南有此

總聞曰之子婦人也至無裳無帶無服民窮可見

木瓜三章

投我以木瓜報之以瓊琚匪報也永以爲好也

投我以木桃報之以瓊瑤匪報也永以爲好也

投我以木李報之以瓊玖匪報也永以爲好也

聞音曰瓜攻乎切報博冒切玖舉里切

總聞曰瓜桃李雖易得而皆可食之物瓊琚瑤玖

雖甚珍而止可玩之具我所得皆實用所報皆虛

美以此推之不足以報也古謂黃金珠玉飢不可

食寒不可衣

詩總聞卷三

後學　王簡　校訂